Presented by
YUU MOEGI

PRIVATE TEACHER 4

Private Teacher ! Volume 4

PRIVATE TEACHER

ATTENTION !

Cette bande-dessinée est publiée dans son sens de lecture original japonais, les bulles se lisant de droite à gauche.

Vous êtes donc ici à la FIN !

Originally published in Japan in 2012 by CORE MAGAZINE CO., LTD.
French translation rights arranged through TOHAN CORPORATION, Tokyo.

Dépôt légal à parution
ISBN 978-2-35180-711-8

Directeur de collection : Yves Huchez

Traduction : Nicolas Pujol
Correction et adaptation : Marie Hervé

Conception graphique : Jef.Mod
Adaptation graphique et lettrage : Virginie Houdelet

Imprimé en France par Imprimerie Darantiere
N° d'impression : 13-0207

WORK in

Iizuka est gay. Un soir, son jeune supérieur l'invite à boire un verre. Iizuka semble avoir des sentiments pour celui-ci. Cependant, ne parvenant pas à se souvenir de ce qui s'est passé ce soir-là, il en fait part à Takase, qui met de la distance entre eux. Iizuka, choqué, se demande ce qu'il a bien pu faire mais soudain, Takase l'embrasse…

One shot

TAN DEM

Kai est un jeune gay insouciant, Yoshioka un hétéro sérieux et responsable. Ils travaillent tous les deux dans la même compagnie d'assurance. Kai aguiche sans cesse son collègue qui ne parvient pas à l'éconduire, attiré par l'apparente nonchalance de celui-ci... Mais Kai cache en réalité un terrible secret que seul Yoshioka est en mesure de lui faire avouer...
Une histoire d'amour poignante et douloureuse entre deux hommes qu'a priori tout sépare.

One shot

BROTHER×BROTHER

Après huit ans de séparation, Sôichirô apprend que son père vient de mourir et qu'il doit vivre dans l'ancienne maison familiale avec deux frères aînés dont il ne connaissait pas l'existence. Un jour il les surprend dans une situation compromettante. Le rude Masato demande à Sôichirô d'être sa chose puis c'est au tour du séduisant Kaname de lui sauter dessus. Les sentiments qui sont sur le point de naître seront-ils purement fraternels ou d'une tout autre nature ?
Une comédie romantique dans laquelle les aînés se joueront du corps et du coeur de leur petit frère Sôichirô.

Série en 5 tomes

LIBERTY★LIBERTY!

Itaru Yaichi se réveille un beau matin dans les poubelles après une nuit un peu trop arrosée et fait la rencontre d'un caméraman du nom de Kôki Kuwabara. Itaru emménage chez ce dernier après avoir promis de lui rembourser sa caméra qu'il a malencontreusement cassée. Petit à petit, il perçoit la gentillesse cachée de Kôki derrière ses airs bourrus, et se sent subtilement attiré vers lui, lorsqu'il découvre que Kurumi, l'ex-petite amie de Kôki, est présente sur leur lieu de travail...
En bonus, des histoires supplémentaires.

One shot

YOU & ME ETC...

Iku et Keita sont amis d'enfance. D'aussi loin qu'ils s'en souviennent, ils ont toujours été ensemble. Ils ont d'ailleurs commencé le base-ball en même temps. Mais au collège, Keita est victime d'un accident en voulant protéger Iku et est obligé d'arrêter le sport. Désormais élèves dans le même lycée, Iku évite son ami autant que possible. Quelle sera l'attitude de Keita face à un Iku distant ? Vous retrouverez aussi Iku et Keita dans le dernier chapitre du manga, intitulé You And Me Etc...

One shot

Dans la page « Dossiers », vous pouvez choisir le votre !

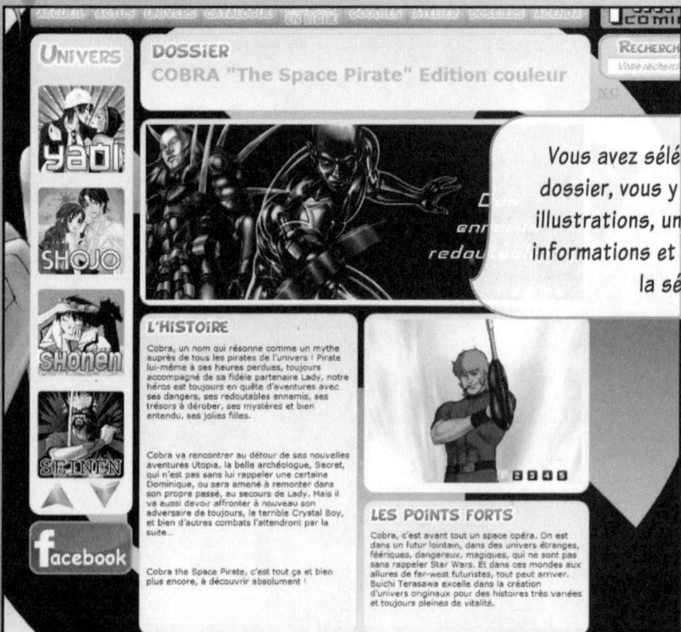

Vous avez séléctionné votre dossier, vous y retrouvez des illustrations, un synopsis, des informations et une analyse de la série.

manga-taifu.com

Bravo : vous avez réussi,
Vous voici sur la page « Jeux » !

Sur cette page vous trouverez des exclusivités à gagner : artworks, dédicaces, et encore beaucoup d'autres cadeaux !

Indiquez vos coordonnées, et jouez !

manga-taifu.com

Découvrir le nouveau site de Taïfu :

JEUX

Dans cette section, Taïfu organisera régulièrement des concours sur vos séries préférées

manga-taifu.com

Aller sur la page :
www.manga-taifu.com
^^

À droite de votre écran vous pouvez voir le jeux en cours : ici c'est un jeu sur Love Junkies.

Super !
Vous voici sur la page « Univers» de votre choix ! (Les autres univers sont toujours accessibles ...)

Dans l'univers choisi vous trouverez toutes les infos sur vos séries préférées : actualités, nouveautés, dossiers et les futures sorties.

À droite de votre écran vous pouvez accéder à la totalité du catalogue (ici le catalogue Yaoi).

manga-taifu.com

Découvrir le nouveau site de Taïfu :

LES UNIVERS

c'est l'ensemble de la collection de Taïfu : Yaoi, Shojo, Shonen, Seinen, Cobra, et Hentai (liste non exhaustive ^^).

manga-taifu.com

Aller sur la page : www.manga-taifu.com ^^

Via la barre des menus : cliquez sur « Univers », ou bien , ...

... À gauche de la page : vous pouvez faire defiler les univers.

Bravo : vous avez réussi,
Vous voici sur la page « Atelier » !

Sur cette page vous trouverez en illustration le projet du jour, ainsi que la liste des projets.

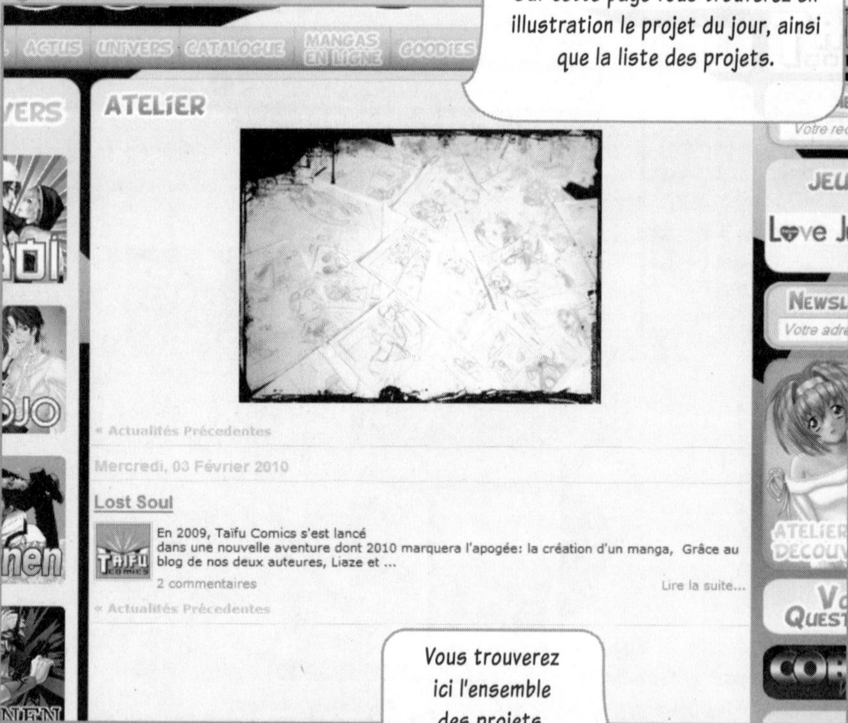

Vous trouverez ici l'ensemble des projets.

manga-taifu.com

Découvrir le nouveau site de Taïfu :

L'ATELIER

c'est là ou vous trouverez, les projets en cours, les artworks des artistes, et toutes les créations de Taïfu.

manga-taifu.com

Allez sur la page :
www.manga-taifu.com
^^

Vous pouvez accéder à la page « Atelier » via la barre des menus,

ou bien même par le bouton « atelier découverte ».

PRIVATE TEACHER 4

This comics / Private Teacher
drap COMICS No.317
Presented by YUU MOEGI

pense qu'ils devraient continuer à vivre ensemble ainsi pendant encore un long moment.
volume que vous tenez dans les mains est donc le dernier de la série... Déjà quatre ! J'ai commencé à le dessiner en 008, et jamais je n'aurais pensé pouvoir le continuer aussi longtemps. Merci à tous pour vos lettres de soutien et vos pressions ! C'est grâce à vous si je suis encore ici aujourd'hui. J'espère vous retrouver dans mes autres mangas.
nt de vous quitter, je remercie M-guru, M-iko, mon manager et toutes les personnes qui ont collaboré à la sortie ce livre, ainsi que ma famille, mes amis et bien sûr vous, mes chers lecteurs !
ncernant l'histoire supplémentaire
n ami m'a fait remarquer lors de la sortie du volume 2 qu'à chaque chapitre, la même situation refaisait surface : Rintarô, tu es vraiment xxxxx, tu sais ? » « Kaede, arrête... ! » Je ne m'en étais jamais aperçu, mais à partir volume 3, j'ai fait exprès de dessiner une scène identique à chaque fois... à vous de les trouver ! Hi hi hi...

Yû Moegi

JUSQU'À PRÉSENT, TU M'AS TOUJOURS CACHÉ CETTE FACETTE DE TA PERSONNALITÉ,
MAIS CES DERNIERS TEMPS, TU ME DÉVOILES CHAQUE JOUR UN PEU PLUS TES VRAIS SENTIMENTS, ET ÇA ME TOUCHE BEAUCOUP.
EN PLUS,
TU ES TELLEMENT CRAQUANT QUAND TU T'APERÇOIS QUE J'ARRIVE À LIRE DANS TES PENSÉES.
...
JE T'AIME.
JE ME DEMANDE COMBIEN DE FOIS IL FAUDRA QUE JE TE LE DISE POUR TE RASSURER ?
JE T'AIME... JE T'AIME...
JE N'AIME QUE TOI, TU SAIS ?
JE T'AI...
HMM

J'AI VU JUSTE ?
...
SI JE CONTINUE SUR CETTE VOIE, IL VA SE LASSER DE MOI, C'EST CERTAIN.
HA HA
COMME TU ES MIGNON.
GNIP
...
ARRÊTE DE ME RACONTER DES HISTOIRES... TU ME CONSIDÈRES COMME UN VIEUX CAPRICIEUX POSSESSIF ET RÉBARBATIF, PAS VRAI ?
MAIS NON VOYONS.
KAEDE, TU SAIS QUE TU ME PLAIS COMME TU ES ?

ZOUIT
ZOUIT
AH... KAEDE... ARRÊTE...
AH !
AH !!
ZOUIT
ZOUIT
ZOUIT
ZOUIT
SCHBLORF
FOUIT
Ha...
Ha...
HM...
Haa...
Haa...
KAEDE... DIS-MOI...
TU NE SERAIS PAS UN PEU JALOUX PAR HASARD ?
GLOUPS
...

EST-CE QUE JE ME DÉBROUILLAIS SUFFISAMMENT BIEN DANS TON RÊVE ?
KAEDE...
TU TE TROMPES...
EST-CE QUE JE TE CARESSAIS ICI AUSSI ?
ZOUIP
AH...
TU AIMES QUAND JE TE METS LES DOIGTS COMME ÇA N'EST-CE PAS ?
HII... !
GOUIT
GOUIT
ALORS ?
KA...
KAEDE...
SLURP

MIAM
MIAM
Tu vas avoir mal au ventre si tu manges tout.
Arrête...
TU ÉTAIS EN TRAIN DE DÉVORER UNE ÉNORME TABLETTE DE CHOCOLAT ET J'ESSAYAIS JUSTE DE TE CONVAINCRE D'ARRÊTER.
FROTTE FROTTE
C'EST QUOI CE RÊVE ?!
...
TU NE ME MENS PAS ?
DANS CE CAS-LÀ, TU PEUX ME DIRE POURQUOI C'EST AUSSI DUR ICI ?
AH !
TU SEMBLAIS POURTANT GÉMIR...
JE N'ÉTAIS PAS EN TRAIN DE TE SAUTER DESSUS PAR HASARD ?
AH, EUH,
NON NON ...
FRRT FRRT
GNAP UP ..
COMME ÇA PAR EXEMPLE ?
TIP TIP
AAH...
AH !
GNIP

KAEDE...
C'EST TROP GROS...
GNI
ビクゥッ
GLOUPS
GNAP
HIII !!
QUOI QUOI QUOI ?!
HEIN ?
KAEDE ?
Pourquoi tu m'as mordu l'oreille ?
?
?
ZUT... J'AI RÉAGI INSTINCTIVEMENT À SES MURMURES.
TU AVAIS L'AIR DE FAIRE DE BEAUX RÊVES... QU'EST-CE QUE JE FAISAIS ?
COMMENT ?
AH...
OUI, ENFIN...
ALORS ?

AH...
SCFHRRT
TU ES À MOI.
HM...
ZIOUP
ET RIEN
QU'À MOI...

POUR ÊTRE FRANC, CETTE SITUATION ME DÉPLAÎT AU PLUS HAUT POINT.
RINTARÔ A BEAU ÊTRE EN TRAIN DE RÊVER DE MOI, CE N'EST PAS MON « VRAI » MOI,
ET JE NE VAIS PAS POUVOIR TOLÉRER CELA PLUS LONGTEMPS.
MAIS JE NE VAIS QUAND MÊME PAS LE RÉVEILLER JUSTE POUR ÇA.
On est de repos aujourd'hui après tout.
PFIOUH
ET PUIS, JE SUIS DÉJÀ ASSEZ POSSESSIF AVEC LUI...
SI JE COMMENCE EN PLUS À ÊTRE JALOUX DE SES RÊVES...
JE N'AI PAS ENVIE QU'IL PENSE QUE JE NE SUIS QU'UN VIEUX CAPRICIEUX.
HM...

TU M'APPARTIENS ENFIN, ENTIÈREMENT ET POUR TOUJOURS,
MAIS AU LIEU DE ME SENTIR RASSURÉ...
PRIVATE TEACHER 4
HISTOIRE SUPPLÉMENTAIRE
HM...
KAEDE... ARRÊTE...
JE ME SUIS RÉVEILLÉ PLUS TÔT QUE LUI CE MATIN ET J'AI CONSTATÉ AVEC UNE CERTAINE AMERTUME
QU'IL SEMBLAIT ÊTRE PLONGÉ DANS DE BEAUX RÊVES.
JE ME DEMANDE CE QUE JE SUIS EN TRAIN DE LUI FAIRE...
GRR
HUM...

Rough sketch
Presented by MOEGI YUU

2011年度drap定期購読者特典グッズイラストラフ

Rough sketch
Presented by MOEGI YUU

2010年度drap定期購讀者特典グッズイラストラフ

JE CROIS ÊTRE EN MANQUE DE TOI,
ET L'INSTANT SUIVANT, TU ME SUBMERGES DE TON AMOUR...
TU ES TOUT POUR MOI.
RINTARÔ, C'EST QUOI CE JOURNAL ? TU M'ÉCRIS DES POÈMES, C'EST ÇA ?
JE PEUX LES LIRE PEUT-ÊTRE ?
PFIOUH..
AH, KAEDE...
HEIN ?!
AH, NON !! SURTOUT PAS !!
FIN

RINTARÔ,
TU VAS T'ENRHUMER SI TU DORS ICI.
HM...
Diary
ÇA ALORS...
LUI AUSSI IL TIENT UN JOURNAL INTIME.
EST PERSUADÉ DE TENIR LUI AUSSI UN JOURNAL INTIME ALORS QU'IL NE FAIT QUE NOTER LES FAITS ET GESTES DE RINTARÔ.
EN TRAIN DE RÉFLÉCHIR...
C'EST MON PETIT AMI...
JE NE VAIS QUAND MÊME PAS LIRE SON JOURNAL À SON INSU...
À MOINS QUE...
Hm...
JE POURRAIS PEUT-ÊTRE JETER UN ŒIL ACCIDENTELLEMENT À LA PAGE OUVERTE ?
...
BLUSH

しん…
SILENCE...
C'EST MOI...
HM ?
ム。
GN
ALORS QU'IL VIENT TOUJOURS M'ACCUEILLIR DANS LE COULOIR...
HA !
QU'EST-CE QUE J RACONTE MOI ?
Haa...
JE DEVIENS DE PLUS EN PLUS DÉPENDANT DE LUI. JE DOIS FAIRE ATTENTION.
CLAP
すや
PFIOUH...
AH, IL DORMAIT.

NON.
J'AI ENCORE ENVIE DE TOI.
TU NE VEUX PAS ?
BLUSH
IL EST TROP CRA-QUANT !
SI SI...
MAIS VA MOINS VITE...
D'ACCORD.
JE SAIS QUE TU ES DÉSORMAIS TOUT À MOI,
MAIS JE NE PEUX M'EMPÊCHER
D'AVOIR TOUT LE TEMPS ENVIE DE TOI.

HM.
HAA... !
PLITCH
PLITCH
PLITCH
Haa
Haa
PLITCH
AAAH... AH !!
SCHBLORF
BLOB
Haa...
Haa...
A...
ATTENDS, KAEDE !
Haa...
Haa...
GOUIT
FAISONS
UNE PETITE PAUSE D'ABORD !

...
GLOUPS
GNI
AH !
GNIP
KA... KAEDE !
GNIP
ATTENDS !
AH...
TU VAS...
AH !
Ah...
TROP
VITE...
SCHPLITCH
SCHPLITCH
SCHPLITCH

BIEN, À MON TOUR D'EN PROFITER UN PEU.
ZIOUP
AAH... AH !!
AH...
AH !
ZIOUP
SCHPLOTCH
AH...
は HAA
HAA...
は HAA
BRR
AH...
AH !

C'EST PARCE QUE...
TU...
TCHOUP
TCHOUP
TCHOUP
AH !!
SCHBLORF
BRR
BRR
AAAAH...
PLIC
...
SCHPLOTCH
HO HO, TOUT ÇA ?
HAA...

Haa...
HM...
HM.
Haa...
Haa...
HAA HAA...
SLURP
HIC
AH
AH... !
RINTARÔ...
SLURP
POURQUOI TU T'ARRÊTES ?

...
KAEDE, ARRÊTE.
TU ME DIS ÇA D'UN TON TELLEMENT SUAVE... COMMENT VEUX-TU QUE JE TE RÉSISTE ?
Ha Ha...
Ha Ha...
RINTARÔ,
EMBRASSE-MOI.
TU CONTINUES À TE MOQUER DE MOI.
AH...
HAA...
HAA...

ENFIN...
TU ES ENFIN À MOI...

JE SAIS QUE CE SONT TES FRÈRES, MAIS À LES VOIR SE FAIRE AUTANT DE SOUCI POUR TOI,
J'EN SERAIS PRESQUE JALOUX.
TU SAIS QUE J'AI UNE FORTE TENDANCE À ÊTRE POSSESSIF ?
TU N'ES AUTORISÉ À REGARDER QUE MOI.
OUI, MAIS...
TU M'APPARTIENS TOUT ENTIER,
DU PREMIER DE TES CHEVEUX JUSQU'À TON DERNIER ORTEIL.
ENFIN...

SÉQUENCE FLASH-BA
DE LA JOURNÉE TERMI
JE PENSAIS QUE MA FAMILLE ÉTAIT UN PEU BIZARRE, MAIS CELLE DE RINTARÔ EST PAS MAL NON PLUS DANS SON GENRE.
VRAIMENT, DÉSOLÉ.
Haa...
AU FINAL, JE NE SAIS PLUS COMMENT ME COMPORTER AVEC TSUBAKI
ET JE T'AI ENCORE CAUSÉ DES ENNUIS INUTILES.
NE T'EN FAIS PAS POUR ÇA.
J'AI DEMANDÉ À SENTARÔ DE PRENDRE TA PLACE DE PROFESSEUR PARTICULIER.
QUOI, C'EST VRAI ?
TSUBAKI AIMAIT BIEN RINTARÔ, MAIS JE N'A PAS ENVIE D CRÉER PLUS DE CONFUSIO DANS MA FAMILLE À CAUSE DE NOUS.
OFFERT EN SACRIFICE
SENTARÔ, INCAPABLE DE REFUSER LA MOINDRE DEMANDE.
VOUS ÊTES LE SEUL À QUI JE PEUX DEMANDER UNE CHOSE PAREILLE, J'ESPÈRE QUE VOUS ACCEPTEREZ.
C'EST BON, SI TU INSISTES...
MAIS À CHARGE DE REVANCHE !!
AH BON...
ET SENTARÔ A ACCEPTÉ ?
...

GNAP
?!
EITARÔ ? QU'EST-CE QUE...
JE NE SAIS PAS POURQUOI, MAIS J'AI LE SENTIMENT QUE NOUS ALLONS FAIRE DES AFFAIRES TOUS LES DEUX.
VIENS ME RENDRE VISITE AU BUREAU AVANT LA FIN DU TRIMESTRE FISCAL.
FIOUH
COMMENT A-T-IL AIT POUR E GLISSER CETTE CARTE DE VISITE DANS LES MAINS ?
HOP
Tu es vraiment Beau Garçon !
DIS, DIS, TU NE VOUDRAIS PAS SERVIR DE MANNEQUIN POUR MON SALON, DE TEMPS EN TEMPS ?
?!
HO HO ! ON DIRAIT QU'IL S'ENTEND DÉJÀ BIEN AVEC TOUT LE MONDE !
TOUT DEVRAIT BIEN SE PASSER ENTRE LUI ET NOTRE FAMILLE, TU NE TROUVES PAS, PAPA ?
Et si j'utilisais ta photo pour faire de la publicité ? Ça va attirer des clients, j'en suis sûr !
AH... OUI OUI...
BON COURAGE, RINTARÔ.
Ah, euh, si on pouvait éviter d'en arriver là...
Bande de raîtres !! Vous 'êtes que des lâches !!
ME... ERCI...

GMM !! QUOI ?! MAMAN, TU SAVAIS QU'ILS ÉTAIENT ENSEMBLE ET TU AS DONNÉ TON ACCORD POUR QU'ILS EMMÉNAGENT DANS LE MÊME APPARTEMENT
GNII
TOI ALORS, TU ES VRAIMENT TROP BÊTE !
KAEDE EST SÉDUISANT, INTELLIGENT ET A UN AVENIR PROMETTEUR DEVANT LUI. MÊME POUR UNE FILLE, C'EST LE GARÇON IDÉAL !
TU CONNAIS TON FRÈRE. MALADROIT ET NAÏF COMME IL EST, JE SUIS BIEN PLUS RASSURÉE DE LE SAVOIR EN DE SI BONNES MAINS !
AH.
OUARGH...
SCHLARCK
ET AU LIEU DE TE PLAINDRE SANS ARRÊT, T FERAIS MIEUX D'ESSAYER DE LUI RESSEMBLER
BOUUHOU
OUUUGH...
...
RINTARÔ RESSEMBLE PHYSIQUEMENT À SA MÈRE, MAIS NIVEAU CARACTÈRE, C'EST SON PÈRE TOUT CRACHÉ...
SLUURP
SEN, TU SAVAIS PARFAITEME QUE TU N'AVA AUCUNE CHAN FACE À MAMA POURQUOI T LA PROVOQU COMME ÇA
BOUUHOU
VRAIMENT COMPLÈTEMENT MASO CELUI-LÀ.

EXPULSION DE FORC
ZOUIT
ZOUIT
ON N'AVANCE PAS TANT QUE TU ES LÀ, ALORS DU BALAI !
GRML HMMM !!
DÉSOLÉ, NE FAIS PAS ATTENTION À SENTARÔ.
...
PÈRE DE RINTARÔ, AUSSI MUET QU'UNE TOMBE...
CE N'EST RIEN...
JE VOUS PRIE D'ACCEPTER MES EXCUSES POUR CETTE DEMANDE SI BRUSQUE ET SINGULIÈRE,
MAIS SOYEZ CERTAINS QUE J'AI MÛREMENT RÉFLÉCHI MES PAROLES.
AH, EUH... PAPA, MAMAN !
J'IMAGINE QUE VOUS NE DEVIEZ PAS VOUS ATTENDRE À UNE TELLE DEMANDE, MAIS...
PAS DU TOUT RINTARÔ, CELA FAIT DÉJÀ UN MOMENT QUE JE SUIS AU COURANT.
QUOI ?!
LORSQUE KAEDE EST VENU NOUS PARLER DE VOTRE COLOCATION,
JE ME SUIS DOUTÉE DE VOTRE RELATION.
JE NE VOYAIS PAS DE RAISON POUR VOUS EMPÊCHER DE VIVRE ENSEMBLE, MAIS JE N'ÉTAIS PAS DUPE POUR AUTANT.
ntuition éminine !

TU VEUX RINTARÔ ?
FRÈRE AÎNÉ : EITARÔ (CONSEILLER FISCAL)
DU MOMENT QUE TU AS UNE SITUATION FINANCIÈRE SATISFAISANTE.
* YEN
SECOND FRÈRE : KÔTARÔ (COIFFEUR)
TANT QUE VOUS VOUS AIMEZ, JE N'Y VOIS PAS D'INCONVÉNIENT.
TROISIÈME FRÈRE : SENTARÔ (PROFESSEUR PARTICULIER)
NAAAN, JAMAIS DE LA VIE, JE SUIS CONTRE !!
JE PEUX PAS LE SENTIR CE TYPE !!

C'ÉTAIT LA PREMIÈRE FOIS QUE TU RENCONTRAIS TOUTE MA FAMILLE, ÇA N'A PAS DÛ ÊTRE FACILE.
HA HA...
TOUT À FAIT.
APRÈS LA PLAISANTERIE (DE MAUVAIS GOÛT) DE MA GRAND-MÈRE QUI S'ÉTAIT RENDU COMPTE DE NOTRE RELATION,
ET LA DÉCOUVERTE FORTUITE DES CÔTÉS SADIQUES DE TSUBAKI,
J'ai fait ça pour toi, Kaede.
Une laisse pour Rintarô ♡
J'AI PRIS CONSCIENCE QUE CELLE-CI ÉTAIT BASÉE SUR DE TROP NOMBREUX MENSONGES, EN PARTICULIER VIS-À-VIS DE LA FAMILLE DE RINTARÔ,
ET J'EN AI CONCLU QU'IL ÉTAIT PRÉFÉRABLE POUR TOUS
DE LEUR DIRE LA VÉRITÉ SUR NOUS.
J'AI DONC DÉCIDÉ DE LES RENCONTRER EN BONNE ET DUE FORME.
Mais je ne me séparerai pas de lui, quoi qu'ils puissent me dire.
SI JE ME SOUVIENS BIEN, RINTARÔ A DEUX AUTRES FRÈRES EN PLUS DE SENTARÔ... CE N'EST PAS GAGNÉ...

ドサッ
SCHPLAF
HAA...
ÇA VA ? TU DOIS ÊTRE ÉPUISÉ, JE SUIS VRAIMENT DÉSOLÉ...
À cause de moi.
NON NON...
CE N'EST RIEN COMPARÉ À CE QUE TU AS DÛ SUBIR LORSQUE TU ES ALLÉ CHEZ MOI, NE T'EN FAIS PAS.
Hum...
TOUS MES FRÈRES ÉTAIENT LÀ AUJOURD'HUI.

PRIVATE TEACHER 4
LEÇON FINALE

Rough sketch
Presented by MOEGI YUU

2009年drap8月号応募者全員プレゼント
「タロットカード」イラストラフ

Rough sketch
Presented by MOEGI YUU

2010年drap10月号～2011年1月号応募者全員サービス
「『ガテキョ!』スペシャルセット」イラストラフ

TU M'AS DIT QUE JE N'AVAIS PAS À M'INQUIÉTER,
QUE TU ME RENDRAIS HEUREUX SI JE TE CHOISISSAIS, MAIS...
MALHEUREUSEMENT POUR TOI, JE N'AI PAS ATTENDU QUE TU ME LE DEMANDES... JE SUIS HEUREUX AVEC TOI
DEPUIS LE PREMIER JOUR DE NOTRE RENCONTRE.
À SUIVRE

J'AI TELLEMENT ENVIE DE DEVENIR QUELQU'UN CAPABLE DE TE SOUTENIR...
MAIS JE SUIS UN GARÇON...
ET JE ME DISAIS QU'UN JOUR OU L'AUTRE, TU N'AURAS PLUS BESOIN DE MOI...
TU ES SÉRIEUX ? QUEL IMBÉCILE TU FAIS !
SI JE PENSAIS VRAIMENT CELA, JE NE T'AURAIS JAMAIS DEMANDÉ DE VENIR VIVRE AVEC MOI.
GOVIT
APRÈS TA DEMANDE EN MARIAGE D'AUJOURD'HUI...
OÙ EST LE RINTARÔ FIER ET SÛR DE LUI DE TOUT À L'HEURE ?
BLUSH
AH, MAIS C'EST JUSTE QUE...
AH !
AH, D'AILLEURS, À CE PROPOS...
GOVIT

HM...
HM...
HAA...
SCHBLROF
SCHBLROF
SCHBLROF
BRR
Ah...
AAH...
...
SCHBLORF
RINTARÔ... TA SEULE PRÉSENCE À MES CÔTÉS SUFFIT À MON BONHEUR, TU SAIS ?
MAIS...
J'AI SI PEUR QUE TU TE LASSES DE MOI SI JE NE FAIS RIEN.

GOÛT
AU FINAL...
JE N'AI FAIT QUE LE BLESSER.
JE TE LE JURE.
AH...
PARDONNE-MOI.
!!
...
SI TU INSISTES... JE TE PARDONNE.
HAAA...
PLORF

...
RINTARÔ... TU M'AIMES ?
AH... AH...
GNIC
GNIC
ALORS JURE-MOI
QUE TU NE DIRAS PLUS QUE TU VEUX ME QUITTER...
OU BIEN JE NE TE FAIS PAS JOUIR.
GOUIT
AAH...

SCHBLORF SCHBLORF
HMMM...
HM...
HM...
SCHBLORF
SCHBLORF
SCHBLORF
HAA...
GOUIT
Haa...
Haa...
HMM...
PLUS JE CONTEMPLE TON PETIT MINOIS ET MOINS J'ARRIVE À ME CONTRÔLER.
BRR
...!
BRR

JE ME DEMANDE À QUOI TU PENSES, HM ? PETIT PERVERS...
NON, CE...
IL FALLAIT ME LE DIRE PLUS TÔT, JE T'AURAIS SAUTÉ DESSUS PLUS VITE.
BLORF
BLORF
BLORF
HIC...
AAH...
AAH...
HA HA ! TU ESSAIES DE RÉSISTER ?
ET SI JE FAIS ÇA,
HIC
VAS-TU RÉUSSIR ?
AH !
ZOUIM

...!
HM...
SLURP
SLURP
AH...
HAA...
SLURP
BRR
HM ?
QU'EST-CE QUI T'ARRIVE ? POURQUOI C'EST AUSSI DUR PAR ICI ?
HIC
TAP
TAP
AH, MAIS NON, C'EST...
QUOI ? TU AS AUTANT ENVIE DE MOI ?

BIEN, POUR COMMEN-CER...
SCHLACK
CLAANG
AUJOURD'HUI, JE VAIS LAISSER LA FENÊTRE GRANDE OUVERTE.
GNIP
COM-MENT ?!
MAIS ON VA NOUS ENTENDRE ?!
OUI ET ALORS ?
SI ÇA TE DÉRANGE, TU N'AS QU'À RESTER SILENCIEUX.
MAIS C'EST IMPOS-SIBLE !
KAEDE !
CHUUT !
JE NE T'AI ENCORE RIEN FAIT, ALORS RESTE CALME.

GNAP
OUI,
MAIS PAS SEULEMENT.
AAH !
SCHPLAF
RINTARÔ, TU AS OSÉ CROIRE LES PAROLES DE MA GRAND-MÈRE ET PAS LES MIENNES.
FIOUH
KA...
KAEDE...

HAA, ENCORE UNE DURE JOURNÉE ! IL S'EST PASSÉ TELLEMENT DE CHOSES, JE SUIS ÉPUISÉ...
CLAP
BIEN,
MAINTENANT QUE TOUT EST RÉGLÉ...
IL EST TEMPS DE PASSER À TA PUNITION ♥
QUOI ?!
POU... POUR-QUOI ?!
PARCE QUE JE T'AI MENTI ?!

RINTARÔ.
PRENDS BIEN SOIN DE KAEDE.
NOUS NE POUVONS PAS ENCORE NOUS MARIER.
ON NE SAIT JAMAIS CE QU'IL PEUT ARRIVER.
HEEEIN ?!

DE PLUS, JE NE SUIS PAS LA SEULE À LE TROUVER CHARMANT, TU SAIS.
COMMENT ?
TSUBAKI M'A DIT QU'IL ADORAIT SON PETIT SOURIRE GÊNÉ, AU POINT D'AVOIR ENVIE DE LUI METTRE UNE LAISSE AUTOUR DU COU !
SADO PUR JUS
SADO L'AIR DE RIEN
SADO NAÏF
CETTE FAMILLE...
IL N'Y A QUE DES SADIQUES DEDANS !
RINTARÔ, QUI NE S'EN REND COMPTE QUE MAINTENANT.
BIEN,
JE CROIS QUE TU N'ES PAS EN SÉCURITÉ ICI, DÉPÊCHONS-NOUS DE RENTRER.
CLAC
CLAC
VOUS PARTEZ DÉJÀ ?

JUSTE POUR ÇA ?
ILS ONT VRAIMENT
LE MÊME CARACTÈRE...
JE N'EN DEMANDAIS PAS TANT.
HO HO HO ! ET TOI ALORS,
TU N'AS PAS SOURCILLÉ DE TOUTE NOTRE CONVER-SATION.
VOUS VOUS RENDEZ COMPTE QU'IL ÉTAIT SUR LE POINT DE ME QUITTER PAR VOTRE FAUTE ?!
ET MOI QUI ÉTAIS PRÊTE À L'ACCUEILLIR À BRAS OUVERTS APRÈS, QUEL DOMMAGE !
À...
À BRAS OU-ERTS ? QUI, MOI ?
OUI !
KAEDE, FIGURE-TOI QU'IL M'A PRIS POUR TA MÈRE, LE CROIS-TU ?
On ne m'a jamais fait un si beau compliment.
QUOI ?
RINTARÔ, POUR INFORMATION, C'EST MA GRAND-MÈRE QUE TU AS EN FACE DE TOI. REGARDE-LA MIEUX, ELLE EST PLEINE DE RIDES.
TU N'AS PAS BESOIN D'EN RAJOUTER NON PLUS.
JE LA TROUVE PLUTÔT JEUNE, MOI.

AH... AH BON ? ALORS, ÇA VEUT DIRE QUE...
OUI, TU AS ENFIN COMPRIS.
EN RÉSUMÉ, TU T'ES FAIT AVOIR SUR TOUTE LA LIGNE.
TOUT LE MONDE S'EST MOQUÉ DE MOI.
POU... POU...
POURQUOI VOUS AVEZ FAIT ÇA ?!
J'AI ÉTÉ EXTRÊMEMENT SURPRISE PAR VOTRE RELATION ET JE VOULAIS VOIR DE PLUS PRÈS À QUOI VOUS RESSEMBLIEZ.
HI HI
Vous êtes vraiment un brave garçon.
JE DOIS BIEN AVOUER QUE VOUS NE M'AVEZ PAS DÉÇUE ♥

JE ME SUIS RENDU COMPTE ASSEZ RAPIDEMENT QU'IL N'ÉTAIT NULLEMENT INTÉRESSÉ PAR L'ARGENT.
QU'EST-CE QUE...
ÇA VEUT DIRE ?
ELLE T'A DEMANDÉ DE TE SÉPARER DE MOI EN PRÉTEXTANT QUE J'ÉTAIS L'HÉRITIER DES SUMIZOME, N'EST-CE PAS ?
C'EST UN MENSONGE.
OU... OUI...
COMMENT ?
Haa...
JE TE RAPPELLE QUE JE FAIS SIMPLEMENT PARTIE D'UNE BRANCHE CADETTE,
CETTE HISTOIRE D'HÉRITAGE NE ME CONCERNE PAS, MAIS TOUT LE MONDE N'ÉTAIT PAS CONVAINCU.
BREF, J'EN AI EU ASSEZ ET J'AI DÉCIDÉ DE QUITTER DÉFINITIVEMENT LE CARCAN FAMILIAL EN ABANDONNANT TOUS MES DROITS.
BIEN SÛR, JE SUIS PARTI EN RÉCUPÉRANT TOUT CE QU'IL ÉTAIT POSSIBLE DE RÉCUPÉRER ET L'APPARTEMENT DANS LEQUEL NOUS VIVONS EN FAIT PARTIE.
MOUIM
AH... AH BON ?
MOUIM
Hi Hi Hi !
ET C'EST ELLE QUI M'A PERMIS DE FUIR TOUTES CES FUTILES RIVALITÉS.

IL SE FICHE PAS MAL DE TOUT CE QUE JE PEUX REPRÉSENTER,
IL M'AIME POUR MOI-MÊME.
KAEDE...
ET DONC ?
EST-CE QUE CELA VOUS SUFFIT ?
OUI, MAIS IL AVAIT DE TOUTE FAÇON DÉJÀ OBTENU MON APPROBATION EN REFUSANT MON CHÈQUE TOUT À L'HEURE.

TU N'AS PAS BESOIN D'EN FAIRE AUTANT TU SAIS.
COMMENT ?
ちゅっ
SMACK
A... ATTENDS... ON NOUS REGARDE !
JE... JE SUIS SÉRIEUX !
JE NE PENSAIS PAS QUE TU ME DEMANDERAIS EN MARIAGE COMME ÇA.
ちゅっ
SMACK
ちゅっ
SMACK
HEUM... VOUS NE SERIEZ PAS EN TRAIN DE M'OUBLIER PAR HASARD ?
CE GARÇON EST VRAIMENT INCROYABLE...
IL N'A ABSOLUMENT AUCUN INTÉRÊT DANS LE PATRIMOINE DE NOTRE FAMILLE.

NE RESTE PAS ICI...
JE TE RENDRAI HEUREUX, MOI.
CHOISIS-MOI !

PRIVATE TEACHER 4
LEÇON 17

Rough sketch
Presented by MOEGI YUU

drap COMICS No.317「カテキヨ!4」口絵イラストラフ

Rough sketch
Presented by MOEGI YUU

drap COMICS No.317「カテキヨ!4」表紙イラストラフ

RIN-TARÔ...
JE TE JURE QUE TU NE LE REGRETTERAS PAS.
TU SERAS BIEN PLUS HEUREUX
AVEC MOI QU'EN RESTANT ICI...
JE T'EN PRIE... CHOISIS-MOI !
À SUIVRE

QUE VOUS CONSIDÉRIEZ KAEDE COMME VOTRE CHOSE SANS PENSER UNE SEULE SECONDE
À SON VRAI BONHEUR !!
COUIC
KAEDE,
CHOISIS-MOI.

ET ALORS
Haa...
VOUS PENSEZ POUVOIR LE RENDRE HEUREUX ?
JE NE SAIS PAS SUR QUOI VOUS BASEZ VOTRE DÉFINITION DU BONHEUR,
MAIS JE SAIS QU'IL NE L'A JAMAIS ÉTÉ ICI.
IL A ÉTÉ ÉLEVÉ DANS UN ENVIRONNEMENT L'OBLIGEANT À SE MÉFIER DU PREMIER VENU,
IL N'A JAMAIS ÉTÉ VRAIMENT HEUREUX,
ET JE... JE NE TOLÉRERAI PAS...
GNIP

PARDONNEZ-MOI, MAIS JE RETIRE TOUT CE QUE J'AI PU VOUS DIRE LORS DE NOTRE DERNIÈRE CONVERSATION.
JE N'AI PLUS L'INTENTION DE ME SÉPARER DE LUI.
COMMENT ?
JE VOUS RAPPELLE QUE VOUS ÊTES PARTI D'ICI LA QUEUE ENTRE LES JAMBES TOUT À L'HEURE !
C'EST PARCE QUE JE PENSAIS QUE C'ÉTAIT POUR SON BIEN... MAIS J'AVAIS TORT.
VOUS NE LE ONSIDÉREZ AS COMME UN TRE HUMAIN... E NE VAIS PAS OUVOIR VOUS LE LAISSER SANS RIEN DIRE.

KAEDE.
TU CROIS VRAIMENT ÊTRE LIBRE DE TES DÉCISIONS ET DE TES CHOIX ?
GNAP
RINTARÔ ?

N'OUBLIE PAS QUE TU N'ES QU'UN PION DE LA FAMILLE SUMIZOME ET TU FERAIS MIEUX DE L'ACCEPTER RAPIDEMENT.
JE ME FICHE PAS MAL DE CE QUE TU SOUHAITES.
JE PENSAIS POURTANT T'AVOIR INCULQUÉ LES VALEURS DE TA POSITION,
MAIS IL SEMBLERAIT QUE CELA N'AIT PAS SUFFI.
« JE NE L'AI QUASIMENT JAMAIS VU RIRE... »
...

JE NE MÉRITE PAS
D'ÊTRE DÉFENDU AINSI.
GRIP
KAEDE...
C'EST MA FAUTE...
JE N'AI FAIT QUE LE METTRE AU COURANT
DE LA GRAVITÉ DE LA SITUATION DANS LAQUELLE VOUS SEMBLEZ VOUS COMPLAIRE ET QUI PORTE PRÉJUDICE À TON STATUT D'HÉRITIER.
COMMENT ?
POSER LA MAIN SUR UN GARÇON AUSSI JEUNE, QUELLE MOUCHE T'A DONC PIQUÉ MON CHER ?
TU VEUX DONC SOUILLER LE NOM DE NOTRE FAMILLE ?

TIENS DONC, KAEDE.
GLOUPS
À VOIR VOTRE VISAGE DÉCONFIT,
IL SEMBLERAIT QUE VOUS N'AYEZ PAS RÉUSSI À TENIR VOTRE PROMESSE.
AH...
FIOUH
C'EST MOI QUI PARLE.
JE SUIS NAVRÉ DE DEVOIR VOUS INFORMER QUE TOUS VOS DÉSIRS NE SE TRANSFORMENT PAS NÉCESSAIREMENT EN RÉALITÉ.
DE QUOI PARLES-TU DONC ?
NE FAITES PAS L'INNOCENTE, VOUS SAVEZ PARFAITEMENT POURQUOI JE ME TROUVE ICI MAINTENANT.

MINCE... IL EST DANS UNE COLÈRE NOIRE !
QUE SE PASSERA-T-IL S'IL LA RENCONTRE ?
CLAP
QUELLE EST LA CAUSE
DE TOUT CE RAFFUT ?
BIEN LE BONJOUR MA CHÈRE.

KAEDE...
ATTENDS...
KAEDE !
EST-CE QUE TU SAIS À QUI TU T'ADRESSES ?
NE ME TOUCHE PAS !
DISPARAIS !

CLAP
ATTENDEZ, MONSIEUR KAEDE !
OÙ EST-ELLE ?
TAP
TAP
DANS... DANS LA VÉRANDA...
MAIS ELLE M'A DEMANDÉ DE NE LAISSER ENTRER PERSONNE.
TAP
MONSIEUR...
SILENCE !!

JE NE PARDONNERAI JAMAIS À CELUI OU CELLE QUI ESSAIE DE TE FORCER À FAIRE QUELQUE CHOSE DONT TU N'AS PAS ENVIE.
KA... KAEDE...
TU ES ALLÉ CHEZ MOI AUJOURD'HUI, N'EST-CE PAS ?
JE CROIS AVOIR DEVINÉ LA RAISON DE TON COMPORTEMENT.

QUE T'A-T-ON DIT POUR TE METTRE DANS UN TEL ÉTAT ?
...
GLOUPS
RINTARÔ, TU SAIS,
TU PEUX ME FAIRE CE QUE TU VEUX.
OUI, JE LE SAIS PARFAITEMENT.
TU PEUX ME MENTIR,
ME TRAHIR OU MÊME ME TUER.
QUOI ? JE... JE NE FERAIS JAMAIS ÇA VOYONS !
MAIS MÊME SI L'ENVIE OU LA VOLONTÉ T'EN PRENAIT,
JE L'ACCEPTERAIS, DU MOMENT QUE ÇA VIENT DE TOI. EN REVANCHE...

DAASH
RINTARÔ !
TAP
SCHBLONG
SCHBLONG
PLAF
HO HISSE !
VRAIMENT, J'AI DE LA CHANCE QUE TU SOIS AUSSI MALADROIT.
HOP
AÏE !!
PLAF
BIEN,
RENTRONS MAINTENANT DANS LE VIF DU SUJET.

SMACK
ALORS QUE JE M'ÉTAIS JURÉ DE LE QUITTER PARCE QUE C'ÉTAIT MIEUX POUR LUI...
POURQUOI SUIS-JE SI HEUREUX QU'IL NE ME CROIE PAS ?
HM...
JE NE PENSE VRAIMENT QU'À MOI.
« VOUS ÊTES UN POIDS POUR KAEDE. »
...!
NON, JE NE DOIS PAS ME LAISSER FAIRE !
BOM
AH...

MAIS COMME TU ME SORS DE TELLES PHRASES EN PLEURANT,
J'AI PLUTÔT L'IMPRESSION QUE TU ME FAIS UNE DÉCLARATION D'AMOUR.
AH BON ?
HM...
MH...
HA HA... !
TU ES VRAIMENT INCAPABLE DE ME MENTIR, TOI.

ET DE PLUS...
JE NE T'AI JAMAIS VRAIMENT AIMÉ.
ALORS QUE JE T'AIME TANT !
Ha Ha Ha Ha Ha Ha Ha
POUR...
POURQUOI TU RIS COMME ÇA ?
Ha Ha
AH, POUR RIEN,
POUR RIEN...

PRIVATE TEACHER 4
LEÇON 16

Rough sketch
Presented by MOEGI YUU

drap COMICS No.285「カテキヨ!3」口絵イラストラフ

Rough sketch
Presented by MOEGI YUU

drap COMICS No.285「カテキヨ!3」表紙イラストラフ

JE NE T'AI JAMAIS
VRAIMENT AIMÉ.
ALORS QUE JE T'AIME TANT !
À SUIVRE

POURQUOI ?
TU M'AS DIT AUTREFOIS QUE J'ÉTAIS QUELQU'UN DE TRÈS INFLUENÇABLE, N'EST-CE PAS ?
C'EST UNE DES RAISONS POUR LESQUELLES ON VIT AUJOURD'HUI ENSEMBLE...
MAIS LA VIE EN COUPLE EST PLUS DIFFICILE QUE JE LE CROYAIS.
ET JE VOUDRAIS Y METTRE UN TERME.
ALORS QUE JE PENSE EXACTEMENT LE CONTRAIRE.
ET DE PLUS...

JE VOUDRAIS QU'ON SE SÉPARE.

JE LUI PASSERAI UN COUP DE FIL TOUT À L'HEURE.
J'ESPÈRE QUE TU N'AS PAS ENCORE TENU TES CAHIERS À L'ENVERS DEVANT LUI ?
KAEDE...
KAEDE.
RINTARÔ, RESTE CALME, RESPIRE...
TOUT VA BIEN SE PASSER.
C'EST POUR LUI QUE JE FAIS ÇA... POUR LUI.
KAEDE...

KAEDE...
CLAP
BONSOIR.
QU'EST-CE QUE TU FAIS AVEC TON BLOUSON ?
Tiens, pour toi.
TU ES ALLÉ DONNER TES COURS À TSUBAKI AUJOURD'HUI ?
JE DOIS ÊTRE FORT...
C'EST POUR LUI.
JE NE DOIS PAS
ITER SON REGARD...
ION IL VA SE DOUTER
E QUELQUE CHOSE.

TOUT JUSTE BON À OUVRIR LES YEUX AUJOURD'HUI SUR LA RÉALITÉ,
EN ME DEMANDANT SI JE N'AURAIS PAS MIEUX FAIT DE NE JAMAIS LE RENCONTRER.
ALORS QUE JE VENAIS À PEINE DE DÉCIDER DE DEVENIR
QUELQU'UN D'INDISPENSABLE À SA VIE,
JE NE FAISAIS
QU'ENTRAVER SON CHEMIN SANS LE VOULOIR...
GNIP
JE VOULAIS TANT
TROUVER UNE SOLUTION POUR RESTER LE PLUS LONGTEMPS POSSIBLE À SES CÔTÉS... MAIS AU FINAL, JE NE PENSAIS QU'À MOI.
CLAP
GLOUPS

FIOUH
JE VOUS LAISSE LE CHOIX DU MONTANT.
NON MERCI
J'INSISTE. SI VOUS REFUSEZ MON OFFRE, JE NE POURRAI CROIRE EN VOTRE BONNE FOI.
CECI EST UN CONTRAT NOUS LIANT.
J'AI BIEN COMPRIS LA SITUATION,
VOUS POUVEZ ME FAIRE CONFIANCE.
SI SEULEMENT JE POUVAIS OUBLIER TOUS MES SENTIMENTS POUR LUI AVEC DE L'ARGENT...
...
J'AI TOUJOURS ÉTÉ UN LÂCHE,
INCAPABLE DE PRENDRE LA MOINDRE DÉCISION.
BIEN... JE COMPTE SUR VOUS.

LES CONSÉQUENCES SUR SON AVENIR...
KAEDE...
EST L'HÉRITIER DE LA FAMILLE SUMIZOME ?
OUI.
C'EST PROBABLEMENT UNE CHOSE QU'UNE PERSONNE DU BAS PEUPLE A DU MAL À RÉALISER,
MAIS LE SANG QUI CIRCULE DANS SES VEINES NE L'AUTORISE PAS À EFFECTUER UN TEL ÉCART DE CONDUITE ET DE MORALE.
SI VOTRE RELATION VENAIT PAR MALHEUR À ÊTRE RÉVÉLÉE AU GRAND JOUR, NOS DÉTRACTEURS N'HÉSITERONT PAS UNE SECONDE À L'UTILISER POUR SOUILLER LE NOM DE NOTRE FAMILLE.
VOTRE PRÉSENCE EST UN OBSTACLE POUR SON AVENIR.
SI VOUS L'AIMEZ VRAIMENT, VOUS DEVRIEZ COMPRENDRE QUE LA MEILLEURE DES CHOSES POUR LUI EST DE LE QUITTER.
JE SUIS UN POIDS... POUR LUI...

...
MAIS JE L'AIME VRAIMENT !
JE...
JE...
AVEZ-VOUS DÉJÀ RÉFLÉCHI SÉRIEUSEMENT AUX CONSÉQUENCES DE VOTRE RELATION AVEC KAEDE SUR SON AVENIR ?
J'IMAGINE QUE VOUS ÊTES CONSCIENT QU'ELLE N'EST PAS CE QUE L'ON POURRAIT APPELER... « AVOUABLE » POUR UNE FAMILLE AUSSI RESPECTABLE QUE LA NÔTRE.

GNIIC
CLAP
Haa...
KAEDE N'EST PAS ENCORE RENTRÉ.
SCHPLAF
HAAA...
AH...
JE CROIS QUE CES PHOTOS PARLENT D'ELLES-MÊMES, N'EST-CE PAS ?

PARDONNEZ MOI SI JAMAIS JE VOUS AI OFFENSÉE SANS LE VOULOIR.
OUF, JE SUIS RASSURÉ, ELLE EST TRÈS GENTILLE...
ET ELLE RESSEMBLE TELLEMENT À KAEDE.
C'EST UN COMPLIMENT, VOUS SAVEZ. VOUS ME SEMBLEZ SI COMPRÉHENSIF,
J'IMAGINE QUE VOUS ALLEZ ACCEPTER MA REQUÊTE SANS RECHIGNER.
JEUNE HOMME,
POURRIEZ-VOUS VOUS SÉPARER DE KAEDE DANS LES PLUS BREFS DÉLAIS ?

PARDONNEZ-MOI SI JE ME TROMPE, MAIS...
VOUS NE SERIEZ PAS LA MÈRE DE KAEDE ?
COMMENT ?
HO HO HO ! COMME J'AURAIS AIMÉ VOIR SA TÊTE À VOS PAROLES !
QUEL OMMAGE QU'IL NE SOIT PAS LÀ !
HM ? JE ME SUIS TROMPÉ ?
MAIS JE VOUS EN PRIE, ASSEYEZ-VOUS.
J'AI CRU COMPRENDRE QUE C'EST KAEDE LUI-MÊME QUI VOUS A ACCOMPAGNÉ JUSQU'ICI POUR VOUS CONFIER CE POSTE DE PROFESSEUR PARTICULIER AUPRÈS DE TSUBAKI,
ET JE VOULAIS VOIR À QUOI VOUS RESSEMBLIEZ, C'EST TOUT.
VOUS M'AVEZ L'AIR TOUT À FAIT CHARMANT ET NATUREL...

C'EST DONC ELLE...
ÇA ALORS... ELLE EST VRAIMENT...
VOUS AVEZ FINI DE ME DÉVISAGER ?
AH
EX... EXCU-SEZ-MOI !
JE NE PENSAIS PAS RENCONTRER UNE PERSONNE AUSSI JEUNE...
VRAIMENT ? ALLONS BON.
ELLE RESSEMBLE
COMME DEUX GOUTTES D'EAU À KAEDE LORSQU'ELLE SOURIT.
JE ME PRÉSENTE :
AOI SUMIZOME, JE SUIS L'HÉRITIÈRE DE NOTRE FAMILLE.

PRIVATE TEACHER 4

LEÇON 15

Rough sketch
Presented by MOEGI YUU

drap COMICS No.228「カテキヨ!2」口絵イラストラフ

Rough sketch
Presented by MOEGI YUU

drap COMICS No.228「カテキヨ!2」表紙イラストラフ

AAAH L
TRAC !
COURBETTE
EXCUSEZ-MOI !
C'EST DONC ELLE ?
À SUIVRE

TOC
TOC
MADAME...
MONSIEUR NOE EST LÀ.
BOBOM
BOBOM
QU'IL ENTRE.
JE VOUS EN PRIE.
AH...
MERCI...

« NOUS FAISONS PARTIE D'UNE BRANCHE CADETTE DE LA FAMILLE SUMIZOME... »
DE TOUTE LA LIGNÉE DES SUMIZOME ?!!
CE QUI VEUT DIRE QUE...
HIÉRARCHIE DE LA FAMILLE SUMIZOME DANS LA TÊTE DE RINTARÔ.
TOUT EN HAUT
SUPER FORT
MAÎTRESSE DE MAISON
ドーーン
DHOOON
FAMILLE PRINCIPALE
BRANCHE
BRANCHE
BRANCHE
BRANCHE
BRANCHE
BRANCHE DE KAEDE
POURQUOI UNE PERSONNE AUSSI IMPORTANTE VOUDRAIT ME RENCONTRER ?!
LES RÉSULTATS SCOLAIRES DE TSUBAKI ONT CHUTÉ À CE POINT À CAUSE DE MOI ?!
MAIS JE CROYAIS QUE C'ÉTAIT KAEDE QUI DEVAIT JUGER DE MA CAPACITÉ À ENSEIGNER ?
Désolé, mais c'est le renvoi !
HAA...
JE N'Y COMPRENDS RIEN...
TITUBE
TITUBE
Par ici monsieur...

DÉCIDÉMENT, JE NE LE CONNAIS VRAIMENT PAS.
IL A QUITTÉ SA MAISON TRÈS TÔT
POUR TRAVAILLER EN TANT QUE PROFESSEUR PARTICULIER, MAIS JE N'EN SAIS PAS PLUS.
ATTENDEZ.
!
OU... OUI ?
LA MAÎTRESSE DE MAISON VOUDRAIT S'ENTRETENIR AVEC VOUS.
SUIVEZ-MOI S'IL VOUS PLAÎT.
LA MAÎTRESSE DE MAISON ?
LA...
LA PERSONNE LA PLUS IMPORTANTE DE CETTE DEMEURE ?
OUI, ET DE TOUTE LA LIGNÉE DES SUMIZOME POUR ÊTRE PLUS PRÉCIS.

IL N'A JAMAIS EU L'OPPORTUNITÉ DE POUVOIR FAIRE CONFIANCE À QUI QUE CE SOIT...
COMME IL A DÛ EN SOUFFRIR !
AH.
PLIC
MAIS C'EST SANS DOUTE PARCE QU'IL SAIT QUE VOUS VOUS SOUCIEZ VRAIMENT DE LUI
QU'IL VOUS DÉVOILE AINSI SES SENTIMENTS.
JE SUIS PROBABLEMENT MAL PLACÉ POUR VOUS DIRE CELA,
MAIS PRENEZ BIEN SOIN DE LUI.

IL A TOUJOURS ÉTÉ TRÈS GENTIL AVEC MOI.
MAIS...
POUR ÊTRE FRANC, JE NE L'AI QUASIMENT JAMAIS VU RIRE.
C'EST POUR ÇA
QU'IL EST AUJOURD'HUI SI MÉFIANT ENVERS SON ENTOURAGE ?
C'EST BIZARRE, VOUS NE TROUVEZ PAS ?
ALORS QUE NOUS SOMMES FRÈRES.
DEPUIS TOUT PETIT...

?
AH BON ? POURTANT IL RIT TOUS LES JOURS LORSQUE NOUS SOMMES ENSEMBLE.
Même s'il me sourit beaucoup de son petit air narquois...
COMMENT ?
...
SUR-TOUT ...
NE LUI RÉPÉTEZ PAS CE QUE JE VAIS VOUS DIRE, MAIS...
Hm
OUI ?
KAEDE ET MOI FAISONS PARTIE D'UNE BRANCHE CADETTE DE LA FAMILLE SUMIZOME, QUI EN COMPTE UN GRAND NOMBRE. DE CE FAIT, IL Y A BEAUCOUP DE RIVALITÉ ENTRE NOUS.
C'EST UN MEMBRE DE LA BRANCHE AÎNÉE QUI DOIT REPRENDRE LES RÊNES DE NOTRE FAMILLE,
MAIS MON FRÈRE A TOUT DE MÊME PASSÉ SA JEUNESSE À SUPPORTER LES BRIMADES DE TOUS LES JALOUX AUTOUR DE NOUS.

VOTRE CHEMISE, JE CROIS QUE VOUS LA PORTEZ À L'ENVERS.
HEIN ?!
AH LÀ LÀ !
CLANG
VOUS NE VOUS EN ÊTES PAS RENDU COMPTE PARCE QUE VOUS NE L'AVEZ PAS FERMÉE. CE N'EST PAS GRAVE !
ME... MERCI POUR TA COMPASSION...
GLONG
HA HA !
VOUS ÊTES VRAIMENT DRÔLE !
JE NE M'ÉTAIS PAS TROMPÉ.
COMMENT ?
LORS DE NOTRE PREMIÈRE RENCONTRE, J'AI CRU VOIR MON FRÈRE RIRE.
JE N'Y AI PAS CRU AU DÉBUT, MAIS...

ÇA FAIT PLAISIR...
Haaa
APRÈS TOUT LE MAL QUE JE ME SUIS DONNE POUR ESSAYER DE LUI DONNER DES COURS À PEU PRÈS ACCEPTABLES...
ME...
MERCI !
SOURIRE
SOURIRE
JE COMMENCE ENFIN À PRENDRE LE PAS.
J'ESPÈRE QUE J'AI UN PEU PROGRESSÉ...
MAIS N'HÉSITE PAS À ME PARLER SI QUELQUE CHOSE NE VA PAS !
AH... SI VOUS INSISTEZ ALORS...
J'HÉSITAIS À VOUS LE FAIRE REMARQUER, MAIS...
BOBOM
OU... OUI ?
ZUT, IL N'OSAIT PAS ME DIRE CE QUI N'ALLAIT PAS... C'EST DE MA FAUTE !!

ÇA SERA TOUT POUR AUJOURD'HUI.
MERCI POUR TOUT.
J'ESPÈRE N'AVOIR PAS ÉTÉ TROP CONFUS DANS MES EXPLICATIONS ?
NON NON, PAS DU TOUT.
J'AIME BEAUCOUP VOTRE FAÇON D'ENSEIGNER
ET J'ATTENDS TOUJOURS VOS LEÇONS AVEC IMPATIENCE !

HA HA
C'EST BON, TU PEUX DISPOSER.
BIEN MADAME...
CLAP
JE ME DOUTAIS BIEN
QUE KAEDE NE SE DÉMÈNERAIT PAS AUTANT POUR UN SIMPLE INCONNU.
FLAP
BIEN. QU'ALLONS-NOUS DONC FAIRE MAINTENANT ?

...
TU NE M'AURAS PAS AUSSI FACILEMENT.
MERCI KAEDE !
TU SAIS QUE JE T'AIME ?
Ah là là
MAIS SI TU LE RÉPÈTES ENCORE QUATRE-VINGT-DIX-NEUF FOIS, JE TE PARDONNERAI PEUT-ÊTRE...
VAS-Y.
HEIN ? QUATRE-VINGT-DIX-NEUF FOIS ?
MADAME.

JE CROIS QUE TU PEUX ÊTRE FIER DE TOI.
TU ES SÛREMENT LA SEULE PERSONNE AU MONDE
POUR LAQUELLE J'EN FAIS AUTANT.

GNIP
BIEN, POUR LE MOMENT, RENTRONS À LA MAISON.
MES ÉTUDES NE VONT PAS ME LAISSER BEAUCOUP DE LIBERTÉ CES PROCHAINES SEMAINES, IL NE FAUDRAIT PAS QUE NOUS NOUS ÉPUISIONS TOUS LES DEUX POUR RIEN.
KAEDE, VRAIMENT, PARDON...
OH OUI, TU PEUX LE DIRE.
GLOUPS...
NON SEULEMENT
J'AI ACCEPTÉ TON CAPRICE,
MAIS EN PLUS, JE TE MÂCHE TOUT LE TRAVAIL...

JE NE SUIS VRAIMENT PAS DOUÉ...
TU SAVAIS QUE JE N'Y ARRIVERAIS PAS DU PREMIER COUP,
C'EST POUR ÇA QUE TU ME LAISSES UNE PÉRIODE D'ADAPTATION, N'EST-CE PAS ?
JE DOIS ME DONNER À FOND POUR LUI... ET MALGRÉ CELA...
GNIP
JE NE PEUX DÉCIDÉMENT RIEN FAIRE TOUT SEUL.
OUI, MAIS CE N'EST PAS LA SEULE RAISON.

LA PROCHAINE FOIS, VOUS NE SEREZ QUE TOUS LES DEUX.
MÊME SI TU N'ARRIVES PAS À T'EN SORTIR AVEC LUI, NE T'EN FAIS PAS, C'EST UN EXCELLENT ÉLÈVE ET SES NOTES NE DEVRAIENT PAS CHUTER POUR AUTANT.
AH BON...
EN REVANCHE, JE LUI AI BIEN PRÉCISÉ QUE TU ÉTAIS EN PÉRIODE D'ESSAI,
AFIN DE VOIR SI TU ES CAPABLE OU NON D'ENSEIGNER CORRECTEMENT.
D'ACCORD.
Il m'a promis d'être franc.
JE TE CONSEILLE DONC DE NE PAS RÉITÉRER TES GAFFES D'AUJOURD'HUI.
OUI...
LE PROFESSEUR QUI SE FAIT CORRIGER PAR SON ÉLÈVE.
EXCUSEZ-MOI, MAIS CE NE SERAIT PAS PLUS RAPIDE D'UTILISER CETTE ÉQUATION ?
AAH !
...

TU NE PENSAIS TOUT DE MÊME PAS QUE J'ALLAIS TE PRÉSENTER À UN GARÇON QUI AURAIT PU SEMER LE TROUBLE DANS TON CŒUR ?
!
PA...
PARDON...
TOI ALORS.
...

IL RESSEMBLE COMME DEUX GOUTTES D'EAU À HARUKA... ÇA NE ME RAPPELLE PAS QUE DE BONS SOUVENIRS...
ET SI JE TE MANGEAIS TOUT CRU ?
RETOUR DU CAUCHEMAR
AH, AU FAIT,
TU N'AS PAS BESOIN DE T'EN FAIRE.
Qu'est-ce que Haruka lui a fait ?
TSUBAKI EST UN GARÇON TOUT CE QU'IL Y A DE PLUS PUR, PAS BESOIN DE T'INQUIÉTER À CE SUJET, SI TU VOIS CE QUE JE VEUX DIRE.
D'A... D'ACCORD...
TANT MIEUX.
Ouf...

JE TE PRÉSENTE MON FRÈRE.
IL A QUINZE ANS ET EST AU LYCÉE DEPUIS CETTE ANNÉE.
ENCHANTÉ, JE M'APPELLE TSUBAKI.
HA HA
IL LUI RESSEMBLE, N'EST-CE PAS ? TOUS CEUX QUI CONNAISSENT HARUKA ONT LA MÊME RÉACTION.
Haruka est bien plus grand pourtant.
MÊME LUI ADMET QU'ILS SE RESSEMBLENT.
AH... CE... CE N'EST PAS LUI ALORS...
C'EST LA PREMIÈRE FOIS QUE JE PRENDS DES COURS PARTICULIERS,
J'ESPÈRE QUE NOUS ALLONS BIEN NOUS ENTENDRE.
RIN...
RINTARÔ NOE... ENCHANTÉ.
IL A L'AIR VRAIMENT GENTIL...

JE VEUX ÊTRE CAPABLE DE LE SOUTENIR EN CAS DE BESOIN MOI AUSSI.
TOC
TOC
EXCUSEZ-MOI.
GNII
PARDONNEZ-MOI DE VOUS AVOIR FAIT ATTENDRE.
HA...
HARUKA ?!

SI J'AVAIS SU, JE N'AURAIS PAS INSISTÉ COMME ÇA...
J'AI PRÉVENU MONSIEUR VOTRE FRÈRE DE VOTRE PRÉSENCE, IL NE DEVRAIT PLUS TARDER.
TRÈS BIEN.
HAA
HAA
MAIS J'AI PRIS MA DÉCISION.
GNIP !
KAEDE S'OCCUPE DE MOI DEPUIS LE DÉBUT...
POM
POM
NE T'EN FAIS PAS,
TOUT VA BIEN SE PASSER.

NON, ÇA N'AURAIT AUCUN SENS.
JE VAIS TE PRÉSENTER À MON JEUNE FRÈRE, IL EST ENCORE EN SECONDE.
TU...
TU AS UN PETIT FRÈRE ?
BIEN, C'EST ENTENDU.
JE VAIS LUI EN PARLER, NOUS FIXERONS VOTRE EMPLOI DU TEMPS À CE MOMENT-LÀ.
A... ATTENDS !
GRML
CE QUI VEUT DIRE QU'IL VA FALLOIR ALLER CHEZ MOI...
MAIS ELLE DOIT ÊTRE DANS LA RÉSIDENCE PRINCIPALE EN CE MOMENT... C'EST SANS DOUTE LE MOMENT IDÉAL.
QU...
QU'EST-CE QUE JE FAIS MAINTENANT ?!

ON PEU
S'EN
ALLER
QU'EST-CE QUE TU RACONTES,
TU N'AS MÊME PAS RENCONTRÉ TON ÉLÈVE.
C'EST TON PREMIER JOUR. JE COMPTE SUR TOI POUR FAIRE BONNE IMPRESSION MONSIEUR NOE.
OUI, C'EST VRAI...
LA RAISON DE MA PRÉSENCE ICI ?
ELLE REMONTE À UNE SEMAINE...
JE T'EMBAUCHE EN TANT QUE PROFESSEUR PARTICULIER.
COMMENT ?!
TU...
TU VAS ÊTRE MON ÉLÈVE ?

ドオオーン…
DHOOOOOON
RASSURE-MOI... ON EST TOUJOURS AU JAPON ?
Ha Ha...
TOUT À FAIT...
NOUS NOUS TROUVONS SIMPLEMENT CHEZ MOI.
JE SAVAIS QUE C'ÉTAIT UN FILS DE BONNE FAMILLE,
MAIS LÀ, ÇA DÉPASSE L'ENTENDEMENT...
Combien de temps il nous a fallu pour atteindre l'entrée depuis le portail ?

CETTE HISTOIRE M'INTRIGUE AU PLUS HAUT POINT.
DHOOON
墨染*
UMIZOME
DHOOON
KAEDE.
OUI ?

TIENS ! VOILÀ KAEDE.
CE N'EST PAS TOUS LES JOURS QUE NOUS AVONS DROIT À SA VISITE.
OUI,
IL EST VENU PRÉSENTER SON NOUVEAU PROFESSEUR PARTICULIER À MONSIEUR TSUBAKI.
UN PROFESSEUR PARTICULIER ?
CONSEILLÉ PAR KAEDE ?
MPHF...
SURTOUT, NE L'INFORME PAS DE MA PRÉSENCE, D'ACCORD ?
ET FAIS PASSER LE MESSAGE AUX AUTRES.
BIEN MADAME.

Rough sketch
Presented by MOEGI YUU

drap COMICS No.194「カテキヨ!」口絵イラストラフ

Rough sketch
Presented by MOEGI YUU

drap COMICS No.194「カテキヨ!」表紙イラストラフ

?
QU
TU A
UNE PÉRIOD
D'ESSAI DE
DEUX MOIS
POUR QUE J
SOIS SÛR QU
TU ES APTE
À FAIRE CE
TRAVAIL.
SI TU PARVIENS À FAIRE TES PREUVES, TU AURAS CARTE BLANCHE.
QU'EST-CE QUE ÇA VEUT DIRE ?
C'EST MOI QUI VAIS T'EMPLOYER
EN TANT QUE PROFESSEUR PARTICULIER.
COMMENT ? KAEDE ?
À SUIVRE

JE VEUX POUVOIR LE SOUTENIR SI UN JOUR IL EN A BESOIN...
ET QU'IL SE RENDE COMPTE QUE MA PRÉSENCE LUI EST VITALE.
SNIF
SNIF
...
C'EST BON, J'AI COMPRIS,
J'ACCEPTE.
!
A... ALORS JE...
MAIS,
À UNE SEULE CONDITION...

JE...
JE VEUX QUAND MÊME ESSAYER.
TU INSISTES ?
ZOUIP
AH !
TOI ALORS... JE T'EFFLEURE À PEINE ET VOILÀ COMMENT TU RÉAGIS...
TU ES VRAIMENT CERTAIN DE POUVOIR ASSURER TES TÂCHES DE PROFESSEUR ?
TIP
TIP
HII !!
ALORS ? TU ADMETS TA DÉFAITE ?
...

AH...
HM... !
HAA...
HAA... !
SMACK
SMACK
TU AS ÉTÉ LE PREMIER À ATTISER MES PULSIONS DE FAÇON AUSSI INCONSCIENTE ET NATURELLE...
MAIS CELA VEUT ÉGALEMENT DIRE
QUE NOUS ALLONS PASSER MOINS DE TEMPS ENSEMBLE, NON ?
AH !
KAEDE !

TU NE COMPTES PAS JETER TON DÉVOLU SUR TES ÉLÈVES COMME J'AI PU LE FAIRE J'ESPÈRE ?
QUOI ? MAIS... MAIS NON !
COMME CELA PAR EXEMPLE...
HM ?
AH ! JE...
JE NE FERAI JAMAIS UNE CHOSE PAREILLE VOYONS !
SCHPLAF
QUI SAIT
JE N'Y PENSAIS PAS MOI NON PLUS AU DÉBUT.
AH, MAIS...

OUI,
JE ME DISAIS QUE C'ÉTAIT UNE BONNE IDÉE.
QU'EST-CE QUI TE PREND ?
JE CROIS POURTANT POURVOIR SUFFISAMMENT À TES BESOINS, TU MANQUES DE QUELQUE CHOSE ?
NON,
CE N'EST PAS UN PROBLÈME D'ARGENT...
JE PENSAIS SIM-PLEMENT QUE CELA OURRAIT TRE UNE XPÉRIENCE NRICHIS-SANTE OUR MOI.
JE SUIS CONTRE CETTE IDÉE.
POUR ÊTRE FRANC, JE NE PENSE PAS QUE TU SOIS FAIT POUR CELA.
AVANT,
JE DÉTESTAIS LES ÉTUDES. MAIS GRÂCE À TOI,
J'AI FAIT DE NOMBREUX PROGRÈS ET J'AI MÊME FINI PAR AIMER ÇA !
ET JE VOULAIS ESSAYER DE FAIRE LA MÊME CHOSE QUE TOI !
JE VEUX ÊTRE CAPABLE DE TE SOUTENIR EN CAS DE BESOIN, KAEDE...

TOC
JE SAIS Q JE NE SER JAMAIS SON NIVEA
MAIS SI AU MOINS JE POUVAIS L'ÉPAULER, DE N'IMPORTE QUELLE FAÇON QUE CE SOIT…
家庭教師募集！
PETITES ANNONCES ! OFESSEUR PARTICULIER.
J'AI TELLEMENT ENVIE DE LUI DEVENIR INDISPENSABLE…
TU VEUX TRAVAILLER EN TANT QUE PROFESSEUR PARTICULIER ?

KAEDE POURSUIT LA VOIE
QU'IL A CHOISIE.
MOI,
J'AI TOUJOURS PENSÉ QUE RESTER À SES CÔTÉS ME SUFFIRAIT...
MAIS J'AI L'IM-PRESSION DE LE SUIVRE DE LOIN.

JE NE LU ARRIVERA JAMAIS À CHEVILLE..
C'EST TELLEMENT ÉVIDENT.
J'EN DÉPRIMERAIS PRESQUE.
VRRR
VRRR
J'AI OUBLIÉ DE TE DIRE : TES CHAUSSURES SONT DÉPAREILLÉES.
MENU
AH, UN MAIL DE KAEDE.
COMMENT ? IL DOIT POURTANT ENCORE ÊTRE DANS LE COULOIR ?
Un peu loin, mais bon...
QUOI ?
AAH... !!
PFF... !

VOUS AVEZ L'AIR DÉBORDÉS.
OUI, NOS RECHERCHES NOUS PRENNENT BEAUCOUP DE TEMPS, EN PLUS DE NOTRE THÈSE DE FIN D'ANNÉE.
MAIS JE NE M'INQUIÈTE PAS POUR LUI.
AH BON ? POURQUOI ?
HEIN ?
MAIS PARCE UE C'EST UN VRAI GÉNIE T QU'IL EST PARTICULIÈREMENT PPRÉCIÉ DU DOYEN.
IL N'EST JAMAIS LÀ, C'EST COMME SI NOUS ÉTIONS UN DE MOINS DANS NOTRE ÉQUIPE.
Haa...
SI SEULEMENT IL ACCEPTAIT DE SAUTER UNE ANNÉE,
OU BIEN D'ALLER À L'ÉTRANGER. MAIS NON, MÊME PAS...
DÉCIDÉMENT, KAEDE EST VRAIMENT EXCEPTIONNEL...
NOUS NE VIVONS PAS DANS LE MÊME MONDE.
ET CELA ME FAIT PERDRE CONFIANCE EN MOI...

TU NE VOIS PA QU'ON EST OCCUPE LÀ ?
JE TE SIGNALE QUE LE DOYEN
T'ATTEND DANS SON BUREAU !
AH...
DÉSOLÉE !
COUCOU RINTARÔ, ÇA VA ?
BONJOUR.
C'EST BON, J'AI COMPRIS, J'Y VAIS.
FAIS UN EFFORT, TU ES DANS UN LIEU PUBLIC QUAND MÊME...
RINTARÔ, À TOUT À L'HEURE,
JE T'APPELLE, D'ACCORD ?
SMACK.
C'EST PAS BIENTÔT FINI ?!!
MON PAUVRE RINTARÔ, JE TE PLAINS...
IL FAIT ÇA EXPRÈS POUR M'ENQUIQUINER.
Quel casse-pieds !
BLUUSH
DÉ... DÉSOLÉ.

TU AS L'AIR FATIGUÉ, N'EN FAIS PAS TR...
CE N'EST RIEN !
JE SUIS TELLEMENT CONTENT DE POUVOIR TE PARLER UN PEU !
HÉ HÉ
JAUGE D'ENVIE DE PRENDRE RINTARÔ DANS SES BRAS, DE LE FAIRE TOMBER PAR TERRE ET DE LUI SAUTER SAUVAGEMENT DESSUS.
MAX
CLING
GNAP
AAAH ?!!!
GNIIIP
KA...
KAEDE...
ON NOUS REGARDE...
Ah là là !
MAIS NON, MAIS NON.
EUH,
SI SI...
NE T'EN FAIS PAS POUR ÇA.
PLAF
FAIS AU MOINS SEMBLANT DE M'AVOIR VUE, ESPÈCE DE RUSTRE !!

JE LE VERRA AU MOINS UN PEU EN LUI APPORTANT SES VÊTEMENTS.
SNIFF
MAIS JE SUIS DÉÇU DE NE PAS POUVOIR PASSER PLUS DE TEMPS AVEC LUI.
KAEDE.
TIENS, VOILÀ TES AFFAI-RES.
Je t'ai apporté des serviettes aussi.
OH !
TAP
TAP
MERCI !
DÉSOLÉ DE T'AVOIR FAIT VENIR JUSQU'ICI POUR ÇA.

HA HA HA
TU N'ES PAS ENCORE HABITUÉ À DIRE MON NOM EN DÉCROCHANT LE TÉLÉPHONE ?
AH, KAEDE !
UN PEU COMME UNE NOUVELLE MARIÉE QUI N'ARRIVE PAS À SE DÉFAIRE DE SON NOM DE JEUNE FILLE.
QU... QU'EST-CE QUE TU RACONTES ?
BIP
RINTARÔ, JE SUIS DÉSOLÉ, MAIS JE NE VAIS PAS POUVOIR RENTRER CE SOIR.
JE DOIS RESTER SUR PLACE ENCORE QUELQUES JOURS, TU POURRAIS VENIR M'APPORTER QUELQUES AFFAIRES DE RECHANGE ?
AH... BIEN SÛR !
MERCI BIEN. À PLUS TARD ALORS.
« JE DOIS RESTER SUR PLACE ENCORE QUELQUES JOURS ».
HAAAAA

SILEEEENCE
JE NE SAIS TOUJOURS PAS S'IL VA RENTRER CE SOIR.
KAEDE EST EXTRÊMEMENT PRIS PAR SES RECHERCHES
ET IL LUI ARRIVE SOUVENT DE PASSER LA NUIT DANS SON LABORATOIRE.
J'ESPÈRE QU'IL REVIENDRA AU MOINS DEMAIN.
CLAP
Haaa...
DRIIIING
AH, TÉLÉ-PHONE !
OUI, NOE À L'A...
AH !
PARDON, SUMIZOME À L'APPAREIL.

TAP
TAP
LESSIVE TERMINÉE !
ENCORE UNE JOURNÉE RADIEUSE QUI S'ANNONCE.
BONJOUR, JE M'APPELLE RINTARÔ.
JE COMMENCE ENFIN À M'HABITUER À MA NOUVELLE VIE EN COUPLE AVEC KAEDE,
MÊME SI CELA N'EST PAS SIMPLE TOUS LES JOURS.
MAIS C'EST UN TEL BONHEUR DE POUVOIR HABITER AVEC LA PERSONNE QUE L'ON AIME.
OUI, JE SUIS HEUREUX,
CELA NE FAIT PAS UN DOUTE, MAIS...

PRIVATE TEACHER 4

Rintarou cohabits with Kaede. He was going to begin the private teacher's part-time job. However, Kaede opposes... he love lesson that an eroticism tutor gives it♥

This comics / Private Teacher All by Yuu Moegi

PRIVATE TEACHER 4
LEÇON 13
Lesson